나를 바꾸는 52주의 기록

1년 4계절 인생을 기록하는 다이어리북

the
52 lists
project

나를 바꾸는 52주의 기록

무리아 실 지음 · **이순미** 옮김

서울문화사

당신의 '최고의 해'를 위하여

종이에 적든, 머릿속에 적든 일상생활 속에서 반드시 만들게 되는 것이 리스트입니다. 매일 해야 할 일을 적는 것, 인생의 목표를 차근차근 설계하는 것, 제일 좋아하는 노래 열 곡을 고르는 것 등 우리가 만든 모든 리스트는 우리의 내적 욕구나 생각을 비춰주는 거울과도 같습니다.

저는 언제나 진지하게 리스트를 작성해 왔습니다. 직장에서는 세 가지 다른 주제의 리스트를 작성했습니다. 제 첫 블로그는 제가 가장 좋아하는 것으로 가득해, 그야말로 '그리운 것 리스트'라고 부르는 게 더 적절할 정도였습니다. 그러면서 꼭 기억해야 하는 것이나 달성해야 할 목표만을 리스트로 만들 필요는 없다는 것을 깨닫게 되었습니다. 리스트 만들기는 자기 발견, 자기 탐구의 도구이자 매우 재미있는 활동이 될 수도 있습니다.

당신은 이 책을 통해 내면에 숨어있는 지혜와 자신감을 찾는 여정을 떠나게 됩니다. 이 여정 속에서 당신은 1년 52주를 더 사색적이고, 활력적으로 살아갈 수 있게 될 것입니다. 이제 호기심을 가지고 당신 속 아름다움과 기쁨, 창의력, 힘을 찾는 여정을 떠나 보세요.

이 책은 처음부터 시작해도 되고, 계절과 맞는 곳에서부터 시작해도 됩니다. 이 책을 당신만의 것으로 만들어 보세요! 한 페이지 한 페이지 넘기면서 계절을 느끼고, 자아 성찰의 즐거움을 누려 보세요. 당신의 '최고의 해'는 아직 완성되지 않았습니다. 이 놀라운 여행을 함께할 수 있어서 저는 더없이 기쁩니다.

즐겁게 리스트를 만들어 보아요!

무리아 실

Get Together

함 께 해 요

지금 이 순간에도 많은 사람들이 자아 성찰과 자기 발견을 위해 노력하고 있습니다. 한 주의 리스트를 소셜미디어에 올릴 때 #52ListsProject라는 해시태그를 붙여 다른 사람들과 만나 보세요. 우리 내면을 깊숙이 들여다보는 것으로도 많은 것을 배울 수 있지만, 다른 사람과 같은 경험을 나누고 차이를 인정할 때, 훨씬 많은 것을 발견할 수 있습니다. 소셜미디어에 공유한 리스트를 통해 친구를 만날 수도 있답니다! @mooreaseal에서 저와 만날 수도 있습니다. 계절이 바뀔 때마다 여러분의 여행을 따라가는 것은 정말 신나는 일이랍니다.

MooreaSeal.com/pages/52Lists에 방문해서 다른 사람들을 만나 보세요!

Contents

Winter 겨울

Spring 봄

Summer 여름

Fall 가을

Winter 겨울

가장 큰 목표를 이루기 위한 첫걸음을 내딛는 계절

List 1

리스트1

새로운 해의 목표와 꿈들을 적어 보세요.

List 2

리스트2

책이나 영화 속 가장 좋아하는 등장인물들을 적어 보세요.

....

....

....

....

....

....

....

....

....

....

해 보기 | 가장 좋아하는 등장인물들의 공통된 특징이 무엇인지 찾아보세요. 가장 좋아하는 등장인물의 본받고 싶은 특징 중 이번 주에 내가 직접 해볼 수 있는 것은 무엇인가요?

리스트3

지금까지의 인생에서 가장 행복했던 순간들을 적어 보세요.

. . . .

. . . .

. . . .

. . . .

. . . .

. . . .

. . . .

. . . .

. . . .

. . . .

. . . .

. . . .

. . . .

해 보기 | 우리는 과거에 일어났던 멋진 일들을 쉽게
잊어버리곤 합니다. 이번 주는 매일 이 리스트를 보면서
내가 멋진 인생을 살고 있다는 사실을 되새겨 보세요.

List 4

리스트4

지금 듣고 있는 노래들을 적어 보세요.

List 5

리스트5

내가 원하는 10년 후 모습을 적어 보세요.

....

....

....

....

....

....

....

....

....

....

....

....

....

....

....

....

....

....

....

....

....

....

....

해 보기 | 미래의 꿈을 이루기 위해서 지금 할 수 있는 작은 노력에는 무엇이 있나요?

리스트6

즐거움을 주는 일들을 적어 보세요.

....

....

....

....

....

....

....

....

....

....

....

....

....

....

List 7

리스트7

나의 하루를 밝혀주는 사람들을 적어 보세요.

· ·

· ·

· ·

· ·

· ·

· ·

· ·

· ·

· ·

· ·

· ·

· ·

해 보기 ｜ 나의 생활을 더 편하고, 더 밝고, 더 행복하게 만들어주는 사람에게 다정한 말이 담긴 메모를 보내거나 친절을 베풀어 보세요.

List 8

리스트8

가장 좋아하는 인용구들을 적어 보세요.

....

....

....

....

....

....

....

....

....

....

....

....

....

해 보기 | 내가 좋아하는 인용구들의 공통점은 무엇인
가요? 이번 주에는 이 중 한 가지를 골라 실천해 보세요.

List 9

리스트9

내가 가장 소중하게 여기는 것들을 적어 보세요.

....

....

....

....

....

....

....

....

....

....

....

....

....

해 보기 | 어떻게 하면 나의 소중한 사람과 물건을 더 돌보이게 할 수 있을까요? 소중한 것들과 함께 지내는 방법을 생각하면서 이번 한 주를 보내 보세요.

List 10

리스트10

무시해야 할 일들을 적어 보세요.

....

....

....

....

....

....

....

....

....

....

....

....

해 보기 | 무시해야 할 모든 것들에 ×표를 하고, 더
나은 자신이 되기 위한 도전에 집중해 보세요.

List 11

리스트11

나의 공간을 활기차게 만드는 방법들을 적어 보세요.

....

....

....

....

....

....

....

....

....

....

....

....

....

....

List 12

리스트12

나의 가장 좋은 특징들을 적어 보세요.

．．

．．

．．

．．

．．

．．

．．

．．

．．

．．

．．

．．

．．

해 보기 ｜ 일 년 동안 나의 독특하고 놀라운 점들을 깨달을 때마다 이 리스트에 적어 보세요. 나에게는 자랑스러운 특징들이 많이 있답니다.

List 13

리스트13

나의 힘을 북돋워 주는 것들을 적어 보세요.

Spring 봄

작은 행동으로 큰 변화를 만들어내는 계절

List 14

리스트14

봄을 맞아 나의 생활을 깨끗이 할 수 있는 방법을 적어 보세요.

List 15

리스트 15

내가 꿈꾸는 여행을 적어 보세요.

....

....

....

....

....

....

....

....

....

....

....

....

....

해 보기 | 휴가 때 무엇을 하고 싶나요? 휴가 때 하는
일들을 평소에도 하려면 어떻게 해야 할까요?

List 16

리스트16

나에게 꼭 필요한 것들을 적어 보세요.

List 17

리스트17

힘들었지만 나를 성숙하게 만들어준 지난 순간들을 적어 보세요.

. . . .

. . . .

. . . .

. . . .

. . . .

. . . .

. . . .

. . . .

. . . .

. . . .

. . . .

. . . .

. . . .

해 보기 | 거울 앞에서 내가 적은 리스트를 큰 소리로 읽어 보세요. 나는 내 힘으로는 해결할 수 없는 상황을 경험했고, 그것을 긍정적인 변화로 바꾼 것입니다. 나는 정말 놀라운 사람이에요.

List 18

리스트18

나에게 동기를 부여해주는 것들을 적어 보세요.

....

....

....

....

....

....

....

....

....

....

....

....

....

....

....

....

....

....

....

....

....

....

....

....

....

....

....

해 보기 ㅣ 나에게 동기를 부여해주는 것들 중 한 가지
를 평소의 습관으로 만들어 보세요. 이 습관을 통해 목
표로 한걸음 더 나아가게 될 거예요.

List 19

리스트19

닮고 싶은 사람들을 적어 보세요.

해 보기 | 이 세상에는 존경스러운 사람들이 참 많습니다. 내가 닮고 싶은 사람은 누구이고, 어떻게 하면 그 사람과 닮을 수 있을까요?

List 20

리스트20

나의 영혼을 자유롭게 해주는 것들을 적어 보세요.

. . . .

. . . .

. . . .

. . . .

. . . .

. . . .

. . . .

. . . .

. . . .

. . . .

. . . .

. . . .

. . . .

. . . .

List 21

만들고 싶은 것들을 적어 보세요.

해 보기 | 이번 주에는 새로운 프로젝트를 시작하고
마감 날짜를 정해 보세요.

List 22

리스트22

가 본 곳 중 가장 마음에 드는 장소들을 적어 보세요.

해 보기 | 이 장소들은 왜 그렇게 아름다울까요? 가까운 곳에 이런 느낌을 줄 수 있는 장소가 있나요? 이번 주에는 이 장소와 비슷하거나 그때의 느낌을 그대로 느낄 수 있는 곳에 나들이 갈 계획을 세워 보세요.

List 23

리스트23

나에게 웃음을 주는 것들을 적어 보세요.

....
....
....
....
....
....
....
....
....
....
....
....
....

해 보기 | 이번 주에는 나의 하루하루를 웃음을 주는 행동들로 채워 보세요. 나에게 재미와 웃음을 주는 사람들과 함께 시간을 보내 보세요.

리스트24

나의 별난 점들을 적어 보세요.

해 보기 ┃ 내가 적은 별난 점들을 읽어 보세요. 부정적으로 쓰진 않았나요? 그렇다면 긍정적인 관점에서 다시 써 보세요. 이 리스트를 거울에 붙이고 매일 보며 나는 기발하고, 매력적이고, 멋진 사람이라는 사실을 되새겨 보세요.

리스트25

내가 강한 사람이라 느끼게 해주는 것들을 적어 보세요.

해 보기 | 이 리스트를 복사해서 지갑에 넣고 다니세요. 나는 강하고, 어떤 어려움에도 당당히 맞설 수 있다는 것을 이 리스트가 상기시켜 줄 것입니다. 동기부여라는 강력한 무기가 있다면 어떤 어려움이 닥쳐도 당당히 맞서 그 어려움을 저 멀리 날려보낼 수 있을 거예요.

List 26

리스트 26

만일 가능하다면 나의 삶 속에서 지금 당장 바꾸고 싶은 것들을 적어 보세요.

....

....

....

....

....

....

....

....

....

....

....

해 보기 | 침대보를 바꾼다거나, 옷가지를 정리하는 일처럼 간단한 행동으로 변화를 만드는 것을 이번 주의 목표로 삼아 보세요.

Summer ^{여 름}

성취감과 행복감을 주는 새로운 경험을 만끽하는 계절

List 27

리스트27

나의 몸과 마음, 영혼을 건강하게 해주는 것들을 적어 보세요.

. . . .

. . . .

. . . .

. . . .

. . . .

. . . .

. . . .

. . . .

. . . .

. . . .

. . . .

. . . .

해 보기 | 건강한 습관 몇 가지를 실천해 이번 주를 즐겁게 시작해 보세요.

List 28

리스트28

해 보고 싶은 가장 엉뚱한 일들을 적어 보세요.

해 보기 | 버킷 리스트를 가지고 있나요? 그 안에 이 행동들도 포함되어 있나요? 이제 규칙에서 벗어나 조금은 엉뚱하게 행동해도 될 때입니다. 말도 안 되는 일을 저질러 보세요.

List 29

리스트29

어릴 때 꿈꾸던 직업과 지금 꿈꾸고 있는 직업을 적어 보세요.

....

....

....

....

....

....

....

....

....

....

....

....

....

....

해 보기 | 내가 꿈꾸는 직업이나 그 분야에 종사하는 사람에게 연락하여 그 직업을 가지려면 어떻게 해야 하는지를 물어보세요. 꿈에 대한 관심이 꿈을 이루는 첫걸음입니다.

List 30

리스트30

다른 사람들의 특징 중 가장 존경하는 것들을 적어 보세요.

....

....

....

....

....

....

....

....

....

....

....

....

....

....

···

···

···

···

···

···

···

···

···

···

···

···

···

해 보기 ｜ 이번 주에는 이 특징들 중 하나에 관심을
가져 보세요. 가장 마음에 드는 특징을 행동으로 옮기는
것을 매일의 목표로 삼아 보세요.

List 31

리스트31

나의 성격을 나타내는 말들을 적어 보세요.

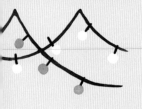

List 32

리스트32

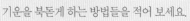

기운을 북돋게 하는 방법들을 적어 보세요.

．．．．．．．．．

．．．．．．．．．

．．．．．．．．．

．．．．．．．．．

．．．．．．．．．

．．．．．．．．．

．．．．．．．．．

．．．．．．．．．

．．．．．．．．．

．．．．．．．．．

．．．．．．．．．

해 보기 | 이번 주에는 혼자서, 또는 좋아하는 사람들과 함께 기운을 북돋워주는 일들을 해 보세요. 그리고 그 경험을 통해 느낀 기분을 글로 남겨 보세요.

List 33

리스트33

리더가 된 나의 모습을 적어 보세요.

....

....

....

....

....

....

....

....

....

....

....

....

....

....

. . . .

. . . .

. . . .

. . . .

. . . .

. . . .

. . . .

. . . .

. . . .

. . . .

. . . .

. . . .

. . . .

해 보기 | 이번 주에는 좀 더 나에게 투자를 해 보세요. 양 많고 건강한 아침 식사로 하루를 시작하거나 잠에서 깬 후 또는 잠들기 전에 거울을 보고 "내가 리더야!"라고 외쳐보는 것도 좋습니다. 그러면 내가 리더가 되었을 때, 성취감과 도전 정신을 느낄 수 있을 거예요.

리스트34

나를 흥분시키는 것들을 적어 보세요.

리스트35
나의 꿈을 방해하는 장애물들을 적어 보세요.

．．．

．．

．．

．．

．．

．．

．．

．．

．．

．．

．．

．．

．．

해 보기 ｜ 나의 힘으로도 어찌할 수 없는 장애물에 모
두 ×표 하세요. 이번 주에는 나의 힘으로 해결할 수 있
는 작은 장애물을 골라 이 장애물을 뛰어넘을 계획을 세
워 보세요.

List 36

리스트36

좋아하는 야외 활동을 모두 적어 보세요.

해 보기 | 이번 주에는 내가 좋아하는 실내 활동을 밖에서 할 수 있는 방법을 생각해 보세요. 새로운 경험을 쌓는 것이 성취감과 행복감을 얻는 가장 빠른 길입니다.

List 37

리스트37

백만 달러를 오직 나만을 위해 쓴다면 어디에 쓸지 적어 보세요.

....

....

....

....

....

....

....

....

....

....

....

....

....

....

....

....

....

....

....

....

....

....

....

해 보기 │ 내가 쓴 내용에 놀라지 않았나요? 이 리스트가 나의 어떤 특징을 말해주고 있나요? 내가 가장 우선시하는 것은 무엇인가요? 좋아하는 것은 무엇인가요? 싫어하는 것은 무엇인가요?

리스트38

나를 더 사랑하게 만드는 방법들을 적어 보세요.

해 보기 ㅣ 올해가 끝날 때까지 매주 할 수 있는 나 자신을 사랑하는 습관을 만들어 보세요. 네일아트, 하이킹, 요리하기 등 나를 위해 투자하는 것이면 무엇이든 좋습니다.

List 39

리스트39

이제까지 본 것 중에 가장 아름다운 것들을 적어 보세요.

....

....

....

....

....

....

....

....

....

....

....

....

....

....

....

....

....

....

....

....

....

....

....

....

해 보기 ｜ 돈을 쓰지 않고 일상에서 더 많은 아름다움
을 경험할 수 있는 방법에는 어떤 것이 있을까요?

Fall
가을

한걸음 물러서서 나의 성장과 기쁨을 돌아보는 계절

리스트40
분위기를 띄우는 노래 20곡을 적어 보세요.

List 41

리스트41

가을에 가장 좋아하는 것들을 적어 보세요.

해 보기 | 완벽한 가을날을 계획해 보세요. 어디에 가고, 어떤 옷을 입고, 무엇을 할까요? 지금 바로 이 계획을 실천해 보세요.

List 42

리스트42

나를 평화롭게 만드는 것들을 적어 보세요.

. . . .

. . . .

. . . .

. . . .

. . . .

. . . .

. . . .

. . . .

. . . .

. . . .

. . . .

. . . .

해 보기 | 이번 주에는 하루 종일, 아니면 몇 시간이라도 전자기기를 멀리해 보세요. 대신 직접 차분함과 평화로움을 주는 일을 해 보세요. 다시 일상으로 돌아와서 그때의 느낌과 경험을 적어 보세요.

List 43

리스트43

가장 좋아하는 음식을 적어 보세요.

....

....

....

....

....

....

....

....

....

....

....

....

....

....

해 보기 │ 이번 주에는 내가 가장 좋아하는 음식을 사랑하는 사람과 함께 먹어 보세요. 사랑하는 사람을 위해 직접 요리하거나, 함께 만날 약속을 잡아 맛있는 식사를 대접해 보세요.

List 44

리스트44

나의 영혼을 따뜻하게 해주는 말들을 적어 보세요.

List 45

리스트45

연말을 이상적으로 만들어 주는 것들을 적어 보세요.

. . . .

. . . .

. . . .

. . . .

. . . .

. . . .

. . . .

. . . .

. . . .

. . . .

. . . .

. . . .

해 보기 │ 이번 연말을 가장 평화롭고, 재미있고, 기념할 만한 시간으로 만들어 줄 세 가지 방법을 골라 보세요. 바쁘고 정신없는 연말을 차분하게 보내는 것도 한 방법일 수 있고, 집 안을 즐거운 분위기로 꾸미는 것도 한 방법일 수 있답니다.

125

리스트46

나에게 편안함을 주는 것들을 적어 보세요.

해 보기 │ 안락함과 따뜻함은 달콤한 보물과도 같습니다. 내가 느끼는 편안함을 마음이 풍요로워지는 마법 같은 경험으로 만들어 보세요.

List 47

리스트47

감사하게 생각하는 것들을 적어 보세요.

．．

．．

．．

．．

．．

해 보기 | 친한 친구와 서로의 감사 리스트를 공유해
보세요. 자기가 가진 것에 감사하는 마음보다 더 기분
좋은 것은 사랑하는 사람이 나와 같은 내적 평화와 기쁨
을 느끼는 것을 보는 것이랍니다.

List 48

리스트48

나의 인생에 더하고 싶은 것들을 적어 보세요.

....

....

....

....

....

....

....

....

....

....

해 보기 | 연말이 되면 받고 싶은 선물 생각이 나곤 합니다. 선물을 기대하는 것도 좋지만, 내가 가장 원하는 것의 물질적이고 감각적인 면의 이면에는 무엇이 있을지 생각해 보는 건 어떨까요?

List 49

リスト49

리스트49

가장 좋아하는 책들을 적어 보세요.

List 50

리스트50

내가 성취한 것들을 적어 보세요.

해 보기 | 어떤 일을 해냈을 당시에는 자신이 해냈다는 사실을 잘 깨닫지 못합니다. 하지만 한걸음 뒤로 물러나서 과거를 돌이켜 보면 내가 성취한 것들이 빛을 발할 것입니다. 30분만 시간을 내서 올해 내가 이룬 성과를 생각해 보고 나에게 축하의 말을 건네 보세요.

List 51

리스트51

내가 어떤 사람으로 알려지고 싶은지 적어 보세요.

올해의 마지막 목록!

리스트52

올해 가장 기억할 만한 순간들을 적어 보세요.

....

....

....

....

....

....

....

....

....

....

....

....

....

. . . .

. . . .

. . . .

. . . .

. . . .

. . . .

. . . .

. . . .

. . . .

. . . .

. . . .

해 보기 | 정말 대단한 한 해였죠. 여느 해처럼 좋은 일도 있었고, 나쁜 일도 있었어요. 하지만 나는 매주 이 책을 통해서 나의 생각과 느낌을 적는 시간을 가졌습니다. 나는 이제 지난 1년간의 나의 삶과 성장을 기록한 놀라운 책을 갖게 되었습니다. 이번 주에는 시간을 내어 지난 페이지들을 읽어 보고 내가 경험했던 성장과 기쁨을 다시 한번 만끽해 보세요!

your list

이 책에는 없었지만 아이디어가 떠올랐던 나만의 리스트를 만들어 보세요.

지은이 무리아 실 Moorea Seal

무리아 실은 시애틀에 거주하며 판매업자, 디자이너, 온라인 큐레이터로 활동하고 있으며 핀터레스트
Pinterest에서 많은 팔로워를 보유한 것으로 유명하다. 모든 연령대의 여성들에게 힘을 주고자 하는 바람
으로 '착한 일을 하며 훌륭한 일을 하자'라는 라이프스타일을 추구하는 무리아는 자신의 생활 패션 브랜
드인 무리아 실Moorea Seal에서 얻는 이익의 7%를 비영리 재단에 기부하고 있다.
홈페이지 MooreaSeal.com

옮긴이 이순미

서강대학교에서 영어영문학을 공부했다. 외국계 컨설팅회사에서 일하다가 영어교육에 뜻을 품고 영어
교육콘텐츠 개발분야에 뛰어들어 10여 년간 영어교육과 개발전문가로 일했다. 현재 전문번역가로 일
하며 영어학습모형을 개발 중이다. 옮긴 책으로 《아티코스의 그리스 신화》, 《모더니즘은 실패했는가》,
《열두 개의 바람》 등이 있다

나를 바꾸는 52주의 기록

초판1쇄 인쇄 2016년 11월 25일
초판1쇄 발행 2016년 12월 05일

지은이 무리아 실
옮긴이 이순미

발행인 이정식
편집인 이창훈 · **편집장** 신수경 · **편집** 김혜연
디자인 디자인 봄에 · **마케팅** 안영배 경주현 · **제작** 주진만

발행처 (주)서울문화사
등록일 1988년 12월 16일 · **등록번호** 제2-484호
주소 서울시 용산구 새창로 221-19 (우)140-737
편집문의 02-799-9346 · **구입문의** 02-791-0762
팩시밀리 02-749-4079 · **이메일** book@seoulmedia.co.kr

ISBN 978-89-263-9696-4 (03840)

서울문화사 출판팀의 블로그, 트위터, 페이스북에서 더 많은 정보와 풍성한 이벤트를 만나 볼 수 있습니다.
블로그 smgbooks.blog.me · **트위터** @smgbooks · **페이스북** www.facebook.com/smgbooks